聽貓的話

文／凌明玉

圖／劉詠心

目次

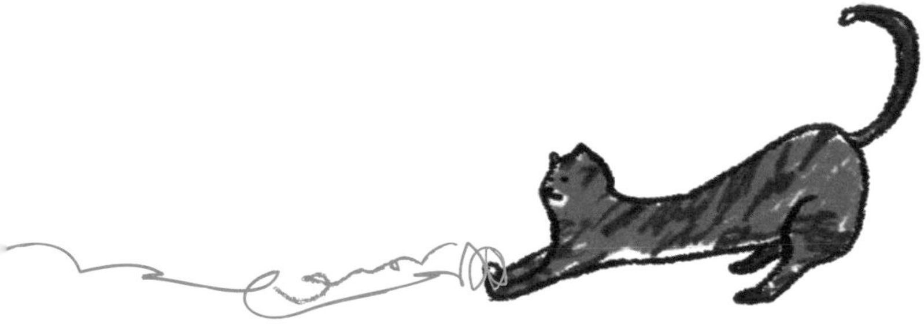

推薦文：GOGO 貓博士／林群盛　狗的話／許亞歷

推薦語

寫給所有被貓凝視過的珍珠時間。

——言叔夏（作家，貓奴年資十年）

明玉愛貓如子似女情同戀人，她的文筆端正細膩有乾爽草原之氣息，是以這是一本值得貓奴們、剷屎族、被喵星人綁架的人們細讀之書。

了解貓語，或是讀心術的入門……

——許悔之（詩人，貓奴年資六年）

所有愛貓的人都知道，不是人類豢養貓咪，而是貓咪陪伴我們。

所有愛貓的人也都知道，貓不一定會聽你的話，但你一定要聽貓的話。

——彭樹君（作家，貓奴年資五年）

自序——貓時間

貓咪偶爾會掉鬍子。

雪白，月牙一樣，落在深色沙發，很容易捕獲，落在白磁磚，可能就被吸塵器咻地吸走或黏在拖鞋底。每次撿到鬍子，總會小心翼翼地拈起來，送到離鬍子最近的那隻貓跟前，問牠，是你的嗎？

像根尖銳細長的魚刺，摸起來硬硬的鬍子，是一枚符號。它告訴我，貓的時間，一點一點流逝了。

小女兒打從大貓球球來到我們家第一天，向來愛賴床的她，清晨五點即起，像隻小貓弓起身軀趴在地板找小貓。嬰兒球球鑽進沙發底下不知多少時間，怕貓咪餓著睡著痛著，我們遂趴在沙發狹小縫隙用手電筒找貓。

好不容易將桌子和沙發挪開抱起在角落瑟縮的小球球，女兒忽然發出彷如小狗哀鳴聲，嗷嗷嗚嗚的問，馬麻，貓咪可以活多久？

剛上小學的她，純真如鏡的眼睛，望著我，她想聽見什麼答案呢？

我忘了當時是怎麼回答，或許是說，很久很久，別擔心，也可能是，待馬麻請教養貓專

家再跟妳說。無知的我，也是從球球來到我們家之後，才慢慢了解貓咪的一切，我如何能窺見時間的訊號。

死亡的陰影，就這樣不時籠罩著小女孩，每隔一陣時日，她總要擔憂，越是甜蜜，越是懷疑幸福的時間不可能長久。

實際上，任何生物，關於時間的答案，如何會有正確的那一天。

從未接觸過死亡的小女孩，開始擔憂生命會消失，或許是她懂得了愛，怎麼深愛著，就怎麼憂煩。

我也曾捏著貓咪掉落的鬍鬚想著，大貓將近十二歲，倘若某天珍重視之的貓兒再也回不來，該是怎樣神傷？

念頭一閃，彷彿有刺，遂不敢多想。

若說養貓人家有什麼脆弱罩門，就是未知的分離讓我們越發珍惜時間。

摸著他的額頭，他慣常舒服地閉上眼，為我抹去尚未發生的離愁。我也為自己無計可施的時候，總是靠著他感到歉疚。家貓所有的時間像是來教會與其同住的人，你的世界除了他，還有眾多關注的人事物，而他的世界就只有你。

他慣常專注地仰望我們，盯著他自在翻肚或舔毛，跟著也梳理自己多毛難相處的部分，即使內在仍是張牙舞爪，也隨之柔軟起來。

與貓一起生活後，浪費時間這事不再困擾我，貓有時比我還要廢，鎮日睡與吃，還過得心安理得，我實在比貓勤奮多了。然而，家有三貓的時間，悄悄地倒數計時……到現在我都無法相信這件事真實發生了。

時間終究是無法扭曲或逆轉的存在著。

如果真懂貓語，我會聽見大貓球咪輕輕說他不舒服嗎？如果去年夏天我們不去遠方旅行，是不是能更早發現，是不是能改變什麼？

去年長途旅行期間，留守在家的大女兒說三貓一切如常，小三還是調皮搗蛋愛說話，小花還是經常神隱在浴室毛巾架上，球球還是愛吃愛睡成天慢吞吞的走路。所有的還是如此，訊息與照片，讓遠在蒙古草原的我，稍微安心。

球球一向食慾旺盛又愛喝水，惟有過胖和眼睛發炎的小毛病，堪稱最容易照料的老貓。這一兩年，他逐漸消瘦，從六公斤慢慢變成五公斤，之前換吃減肥貓食糧或是刻意製造他運動均不見成效，獸醫說老貓新陳代謝慢，吃喝排泄正常瘦一公斤無妨。

老，讓我們不再要求體態和活力，一切變

得合理。老，隨之而來，是病，兇猛，讓人無從防備，有如夏日結束前的雷擊。

去秋，白露過後，天氣仍熾熱，我們從遠方歸來，大貓仍在開門剎那，率領二貓迎接。每回推著巨大行李箱進門瞬間，球球必然熱情磨蹭我們塵埃滿佈的鞋襪，大聲抱怨，怎麼這麼久才回來，真是拿你們沒辦法啊。

自去年開始密集討論出版這本隨筆，漫長夏日密集對稿與配置插畫，我們都料想不到之後乖巧溫柔的球球忽然爆發急性腎發炎，僅僅三天病況遽變轉為腎衰竭，我們失去了摯愛的家人，兩個女兒弟弟一般的球咪。

那天，急急趕至獸醫診所，不到五分鐘路程，我輕聲喚他，他注視著我，他眼睛浮出水光，然後稍微扭動一下，就安詳地睡著了。抱著虛弱的他，想起當年也是搭著車從泰山接回小小的他。那天晚上球好乖，還喝了雞胸肉煮的湯，也把所有藥都吃了，最後還是一個乖球球。

每次很難過哭個不停，他總是靜靜坐在我旁邊，我只能勉強自己暫時收起眼淚，就不要再百般念著他，他也會捨不得離開。之後，之後我們可以花很長的時間來想他，一起生活近十二年，有他陪伴的每一天，我們都不會忘記。

縱然如此，悲傷無法管束滲入家裡每個角落，一點一點侵蝕了我們。那陣子，每天醒來，常不明所以哭泣，但我享受這樣的脆弱，為消逝的生命而痛苦。朋友安慰我，我說，會漸漸好起來吧。然而，心卻空出了一大塊，要怎麼好，誰也不清楚。不會好也沒關係，我們喜歡這樣一直想著他……

這本書的進度一度因球球離去而暫停，最終我們還是振作精神，各自修稿畫圖為他留下美好紀念。我們唯一能為他做的事，竟如此有限。

無盡思念在小女兒那裡化成夢境，她夢過幾次球球，總會很興奮的與我描述他們一起玩

要擁抱，彷彿從來沒有分開。

我想起《咕咕是一隻貓》這部日本電影，離開人間的貓咪咕咕，因為主人麻子很自責始終忘不了咕咕，在麻子半夢半醒之際，咕咕幻化人形回到主人身邊，這麼說著：「遇見你的時候，我還只是個孩子，但我卻老得比你快，我覺得好不可思議，還生氣為什麼不能和你一樣……你也沒發現我漸漸老去。」

貓咪這麼說時，主人帶著歉意說，「對不起，人類是很遲鈍的生物。」

貓咪聽了點點頭，笑著說，「我的死，生病所帶來的痛苦，還有悲傷，都會消逝的。我過得很開心，麻子，謝謝妳。」

我想，球咪一定也知道，我們想對他說的話。在死亡面前，人總是淺薄無能，無可挽回什麼，還好我們還有文字與繪畫。

甜美與殘酷既然說好了一起震盪我們脆弱的心，還不能投降。我從未想過有朝一日會為貓咪寫書，而且是與女兒合作完成一本書。《聽貓的話》封面設計和插畫全由小女兒一手包辦，我們還找來世界各地的貓書參考，吱吱喳喳說著笑著，抱著家中三貓想像這本書未來的模樣。

這本小書的完成揉雜著過去和未來，那時我們都還不清楚，時間的針尖，一下子就挑開答案。

小時候擔憂著貓咪有一天將要消失的小女孩，以幾十張可愛靈巧的插畫，勾勒著她與貓貓一起長大的時間，在沉重或輕盈的文字旁，以線條和色塊吐露另一種貓語。

猜猜這本小書的封面，球球拿著傳聲筒想要告訴我什麼呢？

小女兒說，他說要吃妳的魚喔。啊，這的確是吃貨球內心真話。

但是，我也有悄悄話想和球球說呢。

輕輕拉動傳聲筒的長線，我想說的是：球球，謝謝你，陪伴我們，告訴我們時間的答案，讓我們懂得愛，原來是這樣。

他們實在很任性

我豢養著貓咪宇宙

不要動不動就神隱

每隻貓都有指定席

誰才是老大？

貓鬧鐘

花：希望馬麻別在我們睡覺時叫我們起來……我好睏……

馬麻：我想跟妳們說話啊～

球：廢話就不必說了。

5

我豢養著貓咪宇宙

自從我養了一隻貓，周圍的親朋好友不約而同有話想對我說。

首先是偶爾來我家小住幾天的老媽。與貓共處數日後，她忍不住抱怨，當貓實在好過做人，不愁吃住又能整天被女生擁在懷裡，如果她整天都能窩在軟綿的極樂之處，成天呼嚕呼嚕也願意。

老媽想成為貓咪的言辭並不誇張，我經常也想化身為貓，有個給力的小主、無憂無慮吃睡過日，但她愛貓絕對不可能高於她的狐狸狗，誰都聽得出這是對女兒不夠孝順的微詞。

老媽在我家期間除了胡亂誇獎、任意餵食貓咪，還故意不將兩尾四破魚收起放置茶几許

久，以挑戰一隻貓的慾望為樂。老媽小住幾日，貓咪瘋癲似跳沙發扯弄桌巾狂吃盆栽，完全顛覆我們建立的規章法則，令人大為懷疑老媽企圖以豢養家犬的方式來殖民我的貓。

我媽看我做事通常只看表面，她以為我對貓咪比對她還好，人怎可能不如貓呢！那是她沒看到我代替月亮懲罰貓咪的時候。記得那盆擺在玄關蓄養了一年的幸運竹，才出門一天，回家看到那舞裙似的老幹新苗已被啃咬得像前衛的裝置藝術時，真的很想對著貓咪大唱阿妹的歌，「我想哭但是哭不出來」。

當另一半也忍不住喃喃說上幾句，不是抱怨，倒像拿這活潑好動的小孩沒轍的一點點感

嘆：「所謂貓咪的家教，要在案發現場讓他牢記，這樣做是不對的，妳彈他鼻子根本像幫他做SPA。」而我，就是貓咪搗亂時還忙著找相機拍照，永遠無法順利施展刑罰讓貓記得所謂教養的品格，除非被他翻天覆地搞得家不成家，否則我還是覺得這搗蛋闖禍的傢伙，歪著頭沉默的望著轟炸過後的戰場真是無辜可愛啊。

貓咪有很奇異的貓天線，總能全方位掃描家裡是否新增盆栽，或購入蔬果食材，他特別喜愛帶有泥土芬芳氣息的植物，每當我為植栽換盆修剪枝條，貓咪總是不捨須臾分離。他亦步亦趨跟隨我的步伐，彷彿情人又如知己，陽台、客廳往返奔走，黏膩磨著我的小腿肚，真

是讓人舉足艱難。握著一把新綠挑揀菜葉時，貓咪更是無比歡騰，垂墜飄盪的枝葉每一絲擺動都挑起他捕獵的慾望，他耐心的匍匐在水盆邊上，那熱烈的眼神，癡心凝望，即使只是分送他一株萎去昏黃的菜梗，他也非常歡喜的擺尾。

如此專一唯意的心志，不是我能日日調教出的乖孩子，這種堅貞情懷，每每使人融化，於是我常偷偷遞給貓咪幾枚鮮嫩菜葉，讓他嗅聞世界的新鮮滋味。

歡喜知足的貓咪，經常讓我想起原本存在記憶中遙遠的呼喚。當我早起時，貓咪總特別興奮，在腳邊繞圈打轉，我到窗邊看看清晨安

靜的城市，貓兒也蹬足躍上窗台深切的眺望遠方。這一刻我們呼吸著冰冷的空氣，說不出是我模仿牠的生活，或是我的生活被牠所豢養。

在這狹小空間，每日貓咪鎮守家宅，目送我打開家門走出去、關上門走回來，生活本身的瑣碎枝節，在他瞳孔裡縮小成一個家，來去匆匆的幾個人，他的世界何其單純，沒有掙扎和猶疑。我喜歡學習貓咪看待日常的方式。很多的睡眠，有點兒懶洋洋，沒有脾氣的任由家中每個人摟抱著他，說說這一天的疲憊。

我們都羨慕貓兒的無所事事。秋冬之後，貓咪越發慵懶，下課回家見他安臥於我的專屬位置，睥睨眺目，彷彿我再次驚擾了他的生

活。我與貓咪共處的小宇宙，自然而然成為一句張愛玲祖師奶奶的名言，他是來教我學會卑微，讓我低到塵埃裡，靜看紛擾人生，過著尋常日子。

9

不要動不動就神隱

有一天下午，球咪咪神隱了。

記得那天，父親得空要來幫斑駁的木頭櫥櫃上透明漆，而我中午得赴朋友喜宴不在家，父親要我放心，他會趁我不在將櫥櫃煥然一新。我想貓咪可能討厭空氣中瀰漫的怪味，不久，果然接到電話，父親急切的說，貓咪先是焦慮不止走來走去，一眨眼已不見蹤影。原來父親曾將門窗短暫敞開企圖稀釋氣味（此舉大誤，喵星人可能被氣味擾得大怒更方便一走了之）。

在家裡反覆搜尋不得其貓，我想貓貓已趁著門戶大敞溜出門，趕緊推開十五樓安全梯那扇沉重鐵門，在整棟大樓每層樓梯、甬道地毯

似尋找，怎麼喚他的名均毫無回應。去警衛處求看監視器，仍然一無所獲，絕望之餘，只好暫且回家呆坐。撫著空蕩蕩的沙發，上面布滿貓咪的痕跡，每一道都令人揪心。

稍坐力求鎮靜，心卻怎麼都無法平靜，腦海宛如敞開哆啦A夢的時光包袱，正面是未來，反面是過去，但我現在還擁有什麼？

再次仔細搜尋貓咪往日慣常躲藏的區域，最後將房間所有的櫃門抽屜拆下，一件件翻找衣物，最後終於在

衣櫃深處摸到一團軟綿綿熱呼呼的他。本來央求大樓警衛讓我看監視器時，都還強忍著不哭，這時我的眼淚再也無法控制、瞬間滾落。

「球咪……你好可惡啊——我叫你，一直一直叫你，為什麼都不回我，我好怕好怕……」貓咪歪著頭顯示困惑，我只能緊緊摟著他，我也沒法打他，他又不會說話。他其實膽小得要命，可能覺得世界只有在半空中這麼點大。他張著大眼望著我，我也只能吻他額頭。輕輕的，告訴他，以後不要再玩躲貓貓。

貓額頭絕對是應許之地，那絲絨光滑柔軟之處最適合印上我們每天的沉默、歡欣與愛。

後來，我才知道可能的失去，遠比我想像中巨大。只要球咪不在他的指定席，沙發沒有，玄關地墊沒有，房間的書堆旁沒有……我一定不惜拆下所有櫥櫃拉門，仔細翻找。

如果他的記憶不長，可不可以不要遺忘自己的名字，在家裡神隱，安安靜靜孵著美夢時，也能回覆我一聲，喵。

每隻貓都有指定席

作家村上春樹曾說，每隻貓都有指定席，他每次練習跑步，總會瞧見相同的幾隻貓出現在固定位置，從來不會弄錯。貓這種驕傲的生物，的確都有固定的指定席，我家兩貓也是如此。

每當有人不識相坐了貓貓大位，必定會接收到守在寶座旁的堅定眼神：「你最好現在把位置還給我……沒錯，就是現在！別懷疑，就是你！」喵星人絕對不可能讓出鍾愛的位置，最後只有「身而為人，我很卑微」的貓奴識相的讓座。

夏天，貓喜歡在地板滾動，人貓尚且和平相處。霸位狀況好發在冬季，只要我們一離開

座位，牠們立刻占領中央黨部：「感謝你幫我暖位。」沒在跟人客氣的。

大貓球咪平常懶得活動，大多窩在沙發，近來改待在玄關，那裡變成第二指定席。這幾年，只要對門傳來尖叫、大笑或追逐玩耍的聲響，球咪總會豎起耳，奔到門口，隔著厚重大門聆聽，臉上寫滿好奇。

有次，我和對門小妹妹一塊在早晨出門，當我要關上大門時，小妹妹神秘兮兮湊近我們家，臉頰紅紅的和球咪揮手說再見。

我恍然大悟，球咪愛在玄關等待，原來是在守候這美好的瞬間。

家中兩貓相差七歲，小貓花花自小把球咪當「媽」，平日的指定席就在大貓懷裡，路經兩貓相擁現場，總要感嘆夫妻感情若是如此恩愛，西線肯定無戰事。

說來害羞，球咪哥哥甚至讓小花妹吸奶解饞，一開始覺得不可思議，威脅恫嚇小花全然無效，好像只能含淚接受牠們多元成家的愛。

小花妹第二指定席是後陽台的辣椒叢。每到結果時節，仔細數了辣椒果實，明明有十幾個小指尖，不知為何，過幾日，必會在花盆的培養土或地板發現幾枚青綠尚未轉紅的果實。觀察了幾次，發現這小丫頭居然經常蹦上陽台玩小辣椒，牠不厭其煩一個個叼走（我相信牠

花

不是嗑掉），讓我收成幾根辣椒，炒個魚香肉絲的期待落空。

有回，我在電梯遇到隔壁鄰居，他挑眉得意地說：「忍了好久，決定告訴妳——妳家小花兒天天早晨六點半和我約會耶。」原來，這丫頭在後陽台每天壓著我的小辣椒叢，是為了深情款款望著對面的他。

小花踩著我的辣椒遠眺隔壁窗口已有一段時日，我說不出口的是，小花不只在清晨等他，晚上也會去癡癡望著窗口，等他下班，點亮燈的剎那……

他眉飛色舞不停地說小花太可愛了，沒有

一天不到那個窗口……聽到這個花邊，已經不只是辣椒沒收成的問題了，而是小花妹背著我們製造了一個浪漫的世界。

誰才是老大？

大家都知道貓咪這種看似可愛的生物，有時其實非常可惡，別說你不相信，這件事讓家有三貓的貓奴我來發聲，再適合不過了。

可愛和可惡判定標準是什麼呢？

簡單來說，貓咪什麼都不必做，喚牠時，牠會瞇起眼，柔柔回應你。你想牠賣萌牠就翻肚，或是踩踩你的肚，人貓水乳交融那瞬間，牠就是千金不換萬金不捨的可愛爆表。

換句話說，牠若是做出超越貓咪本位的任何事，主要是侵犯人類地盤，偏偏這就是和貓咪一起生活必須付出的代價。譬如破壞沙發拖鞋桌椅耳機線電源線啃光盆栽偷吃退冰的魚蝦

蟹肉……說到底，吃和物品，不過是微不足道的小事，這是貓咪的小遊戲和本能反應，貓奴我怎會斤斤計較世俗之物。

譬如大貓球咪，我知道你坐在這十分鐘了，真的不能吃這個啦（藏起冰淇淋桶，球咪憤恨地轉身就走）。小花花又揍小三，牠又沒惹妳（訓完話小花花就不讓我抱了）。小三夠了喔，要排隊喝水啊，球咪每次都讓你，真是不知感恩的壞東西（接下來，小三怎麼都叫不來，還咬壞我的拖鞋）。

說到這，我實在不是在抱怨貓咪喔——你看不出這是一種愛到深處無怨尤的敘述嗎？

雖然此情有時禁不起考驗——貓咪偶爾哪根鬍子不順，便會突然攻擊假想敵——就是和牠一起生活的「巨大的貓」。主要是貓奴和貓奴的家人們，次要是給貓奴的親朋好友擺臉色。但貓咪可是老虎獅子的親戚啊，同樣擁有利爪和尖的犬齒，牠只是像玩一綑毛線球那樣輕輕撥動了你，牠心中雪亮亮的明白貓奴根本不是對手。

所以，誰才是老大呢？答案實在再簡單不過了。

ㄋ 貓鬧鐘

059　貓鬧鐘

抓門，像是被植入終極任務的貓戰士，使命必達。

直到暑假過了一半，牠彷彿了解什麼是夏天的長假，漫長假期裡，每一天都是小朋友收起鬧鐘、拿出逗貓棒和牠痛快玩耍的時間哪。牠決定開始放假保養喉嚨，人貓達成秘密協定似的，我們在夏日假期的下半場總算得到暫時的寧靜。

然後，秋天悄悄靠近了。這次球咪好像變聰明了，不，應該是我們晨起整裝效率越發出神入化。在牠的鬧鈴裝置尚未啟動前，大家都

打理好一切準備出門，只見牠側臥於沙發上，輕輕抬眼望了望玄關，放心翻身伸開四肢睡成長長的一字。那鬆軟的姿態，彷彿在說，這個家終於不需本貓擔心，那惱人的貓鬧鈴裝置也就沉默了一整個秋天。

「咦？球咪今天沒叫我起床，害我差點遲到……」小妹妹放學回家嘟著嘴說。「欸，妳本來就不該賴床，怎麼能怪球咪呢？」

話雖如此，我心底總有點微微的騷亂，貓鬧鈴如同一道密語、一則私訊，傳遞著唯有我們知曉的節奏。嚴寒冬日，球咪總是翻著雪白的肚子睡到旁若無人，家裡每個人都怕牠就這麼睡到不醒「貓」事，經過沙發旁總是輕輕捏

捏牠的肚子，拉拉牠的鬍鬚，以食指磨磨他的鼻頭，溫柔叫喚：「該起床囉，你睡太多啦，有貓餅乾耶。」球咪嗅到最後一句的氣味，才勉強起身，伸長前肢，翹起屁股，像是回答：「朕知道了。」

就在以為從此風平浪靜的某天，全家卻從六點就被喵醒，而我一直撐到九點才起床。心想著這天是怎麼了呢？只是尋常日子的一個周末啊。

到客廳一看，小妹妹在算數學，大姊姊在準備英檢考試，老爺子拖著吸塵器在吸地。喵……原來是球咪咪又開始幫全家紀律重整哪！

球：通常很多事比悲傷少一點，我們就覺得快樂了。
　　日落西山有感。

花：最近大哥的話題我都不能參與……（嘆氣）

貓的本事

戴上貓耳說話

貓的逆襲

不知道的事

聽貓的話

5

戴上貓耳說話

睡，吃，打滾，慢慢走，斜眼看人……如果可以，我也想儘量讓生活簡單，只做這幾件事。

家中三貓，平常又怎麼看我呢？

大貓眼裡容不得我，卻在我進食冰淇淋、蛋糕、起司、優酪乳……這類牛乳含金量高的點心時，瞬間自睡眠狀態清醒，神鬼不知在桌邊現身，輕輕將貓掌放在我的手肘，脈脈含情說，「不分一點給我，妳吞得下去……」

我不自覺停下咀嚼，將食物遞到大貓面前，「只能一點點喔。」

嘖滋嘖滋。大貓淺嚐，隨即轉身邁緩慢步子，離開。彷彿剛才是一場誤會，我經常誤讀他心思，以為他愛吃，不過是嚐點人間煙火，大驚小怪像是隆恩聖眷。

小花呢？我通常在筆電前神遊太虛，聽家人叫喚餵食，仍愣愣發傻，有時也像貓一樣叫都叫不來，領得幾句斥喝，「多寫幾個字，能吃飽嗎？」我便摸摸鼻子，和趴在腿上的小花互換注視，她不屑的翻個白眼，我們一起無賴回聲，「喵。」

做為三貓唯一女孩兒，最不愛人間氣息的小花，恐懼的事不少，最怕有客人來，刮大風閃電光，任何動靜她都會立刻神隱。幾年來，

我總要指著她的照片，轉告想一睹花容的朋友，我家真的有小花啊。她將自己活得一則傳說，真是不簡單的狠角色。

小三來了之後，三貓領域開始分裂，球咪仍尊寵 L 型沙發，小花成了鳥，因為受不了四個月大的小三整天蹦跳胡鬧，她在每扇門上飛躍，浴室毛巾架是睡鋪，有時洗澡不小心會被她不發一語全程偷窺。

放著死線的稿子不寫，我不時趴在地上，追著過動小三猛拍，球咪將手腳收攏坐成一團柔軟雪白蓬鬆的麻糬抱枕，轉著滑溜滑溜的大眼睛，簡直是白貓玉之丞，他凝視我蠢相，我猛按快門，大概明顯偏心，小花悄悄走來，不

由分說在我面前誇耀曲線動人的翹屁屁。

「這樣啊，好美啊。」我敷衍兩句，像是討人厭的狗仔，轉身就將她的翹臀照放上臉書，下標：「這朵清新小白蓮，真傲嬌。」

隨即接收小花睥睨眼神，彷彿在說，從沒見過如此愚蠢生物，但此時也無處可去，只好勉強自己與這人待在同一空間吧。

這麼說來，夏目漱石筆下胃弱的作家，身旁那隻沒有名字而且睡午覺還要蹲在主人背上，卻老是說人類很任性，覺得主人毫無過人之處，其實和我家三貓有點相似。

我家這貓口有時會比人口還多的空間，我甚至連奴也不是，是可有可無的存在吧。但是，三貓會不會因此也漸漸同情著我呢？

我看似個廢物，整天打電腦，閒來咕嘰咕嘰他們的下巴和小肚子，腦袋裡實在是「猫の手も借りたい。」（這句日本諺語的意思是忙得不可開交）他們或許根本知道我的苦衷吧。嗯，只要他們別在我忙著寫稿時將筆一支支撥下桌去，還有抓爛我的書。

與貓一起生活十年餘，總覺得身而為人，我很抱歉。如果可以，讓我下輩子戴上貓耳說貓話。睡，吃，打滾，慢慢走，斜眼看人……喵。

5

貓的逆襲

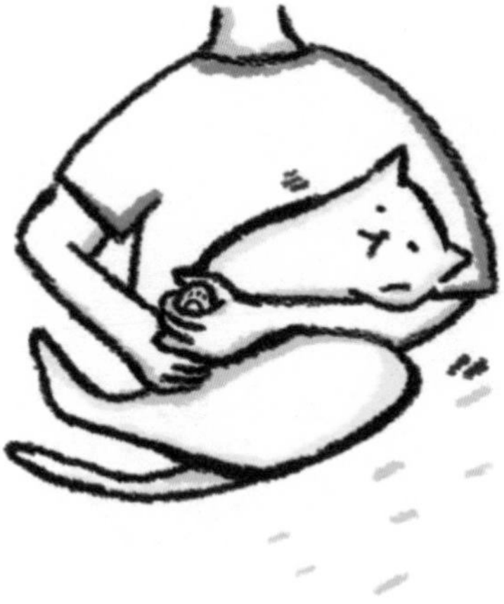

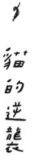

海明威有則短篇〈雨中的貓〉，讓我印象深刻。

通常有貓出現在小說裡，原本沉重黑暗的情節，你以為都會變得柔軟甜美嗎？海杯杯可不這麼讓讀者稱心如意。

小說家一如以往只露出冰山一角說故事，未曾交代這對夫妻投宿於海邊旅店的源由，是婚姻生活的紓解或出走，皆不得而知。

遼闊海邊僅有一個戰爭紀念碑，沒完沒了的雨將兩人困鎖在旅館房間，丈夫躺在床上看書也看了一天，小說開頭妻子百般無奈在面向大海的二樓窗口眺望空無一人的廣場，封鎖在

房間的低氣壓因此點燃了這無聊假期，毫無浪漫可言的引信。

妻子下樓透氣，恰巧瞥見一隻濕淋淋的小貓縮在旅館門口的桌下，她立即返回房間和丈夫說要去拯救這隻小貓，丈夫一聽只在床上發聲，「我去捉」，但毫無積極動作繼續看書，最後還是妻子執行了援救小貓的行動。妻子下樓時，小說家描述了年邁而敦厚的旅館老闆如何關注客人，傾聽抱怨，溫柔體恤客人的態度，無疑是妻子所喜歡的形象。後來妻子沒找著小貓，悻悻然回到二樓之際，她遇到老闆客氣的眼神致意，「老闆在寫字檯那邊向她行禮。女子的心裡有種非常渺小和抽緊的感覺。這個老闆讓她覺得自己非常渺小，同時又覺得

很重要。她在那一瞬間覺得自己分外重要。」

被重視的感覺，那種渺小而抽緊的心靈震盪，換算成人生走馬燈，走上階梯時妻子想必是唰唰唰百轉千迴的畫面，厲害的讀者應有直覺，回到二樓之後，這個丈夫要倒大楣了。果然接著妻子攬鏡自照，看自己男孩氣的髮型不滿意，便問「我把頭髮留長好不好？」丈夫在一旁不長眼的回答「我喜歡這個樣子」；丈夫喜歡的樣子不再是妻子願意成為的模樣，丈夫此時又說「妳看起來漂亮極了」，為了取悅對方所存在的意義，強化了妻子在這個假期所累積出走的意念。於是她不斷喃喃說：「我好想要牠……不知道為什麼會這麼想要。我要那隻可憐的小貓……」

雨中的貓在這篇小說指涉著脆弱飄搖的存在感，隱然浮現，呼喚著女人不該是男性的附屬。但是，丈夫最後居然要妻子閉嘴去找書來看，貶抑女性的姿態讓他妻子在小說末了更堅定想要擁有小貓：「不管怎樣，我都要一隻貓……要是不能有長頭髮，或是一點樂趣，我總可以有一隻貓吧。」此時丈夫完全不想聽她說話，仍然顧自看書。最後，小說家顯然想讓這丈夫死無葬身之地，安排了服務生送來濕淋淋的小貓，她說，「老闆要我把這隻貓送來給太太。」

讀完小說，記憶洶湧著海浪一波波拍上腳踝又退去的記號，彷彿沿著一個女人的生命海岸往回觀看，看見許多被忽略的足跡。

想起自己很想要養一隻小貓，因為工作的緣故，我經常一個人在家，剛開始另一半不答應，溝通未果，後來我直接從朋友那裡抱回小貓。我堅持，他亦不放棄，他總是說貓有味道，受不了那無所不在的貓毛，我像是小說中的女人，不斷和他寫電子郵件，喃喃的說：「我好想要牠……不知道為什麼會這麼想要。我一個人在家，我想有貓陪著，你為什麼不能想想我一個人在家，沒有人跟我說話，我快要窒息了。」

三個月大的小貓，彷彿一個嬰兒，喚起我們為了孩子努力的過程，現在他比我還在乎貓，仔細照看貓貓的日常，總是溫柔的抱著貓，為他們剪指甲、梳毛、整理睡鋪、跟他們

說話。嗯，後來，他說大貓很孤單，又從大伯家抱回一隻三花小貓。

我們去旅行的時候，也會拍許多貓的照片，我沒注意到暗巷街角藏著貓影，他會立即幫我留在鏡頭裡，再壓低嗓子喊我過去看貓，唯恐驚動了什麼那樣小心翼翼。

看到可愛的貓，我總會驚嘆，這隻長得好像我們家的小花，那隻根本是球咪的縮小版呀。他通常會搖搖頭，毛色花紋體型姿態，秤斤秤兩挑剔比較一番，彷彿難相處的婆婆，最後堅定的說，「還是我們家的貓最可愛」。

其實我不在意自己是長髮或短髮，也懶得

問他，重要的是，他愛貓，我們喜歡現在的生活。我想這也是貓的逆襲吧。

8 不知道的事

不知道的事，像無所不在的溼氣，留駐在牆面，羅織成畫，浮凸時間的線索。那時，我們還不清楚，得到了不只是甜美，還有數不清的繫心牽掛。不知道的事，從此開始。

家中有獸，跫音近乎無聲，中年之姿的貓咪，時常拖著腳步溫吞漫走，他的生活不再有冒險亦遺忘捕獵本能。或者是我，以一個家困守了他，讓他失去雄心也失去自由？自老公寓遷至大樓居住後，越接近天際線越靠近想像的烏托邦，慢慢的，我辭去工作，有時讀書寫作，空想占據了很多時間，大約這個時候，貓咪加入了我們的生活。

朋友家貓口眾多，她始終想讓我練習擁

有一隻貓，她懂我，如此想望擁有一隻貓的陪伴，於是我將小貓裝在棉質提袋偷偷摸摸帶回家，朋友笑說，「妳先生可能無法消受這份驚喜，如果真的不行，再還給我吧。」後來發現擁有其實是沉重，陪伴更是輕蔑的念頭，兩者皆不能輕易定義從今而後我們和貓咪的關係。

我們開始練習，練習重新看待生命的餽贈。是該認真寵愛的，由一掌可握的精靈樣貌，化為懷抱滿身的豐腴大貓，練習是必要的。從清淺呼吸、會蹦會跳的小獸，做為玩耍之物輕率的對待，直至日日梳理他蓬鬆或糾結的毛，他亦以溫暖包覆我們奔波於外的疲憊低氣壓。是該沉默的，生活緊繃時，望著貓咪緊抿的嘴角，教人學會沉澱和放鬆，原來當他瞳

091　不知道的事

孔瞇成細線，那些尖銳的刺眼的也就悄然流失了。

近日多雨很少天晴，灰暗天際偶有飛鳥掠過長桌玻璃鏡面，他懶得移動身軀只隨手撲抓幾次幻影，老貓入定的姿態。他從不逼視日常，而是讓日常靠近自己，我卻總讓日常擾亂心房。

那日讀梭羅所寫，「生長在雜草蔓生的林間小路上的香蕨木和木藍上的露珠會把你下半身打濕。叢生櫟的葉子泛光，好似有液體在上面流過……」，想到往後人們皆要握著書、緬懷過去虛設未來，方才懂得悲涼無法描摹的況味。貓咪不曾知曉梭羅描述的露珠、星光、葉

叢和樹林，在城市之窗他遙望日月推移，安穩的從喉嚨發出呼嚕聲響。書頁尾聲，我揉揉徹夜瘦澀的眼，陡然從寶藍天色中亮起的朝陽，已將整個廳堂灑滿了晶瑩貝殼一樣的星砂，而貓咪只是無聲踩著光線，悄悄溜到走廊陰影處，將自身縮成一個句號，很小的嘆息似，適才望見日夜交班的美麗霎那，已成為輸給時間的籌碼。

七歲的他不喜玩小把戲了，彷彿進階到另一時空，常瞇眼睥睨瞧我，雖還注重儀容也只是懨懶的捧著尾巴整理，接著便是往沙發扶手旁倚靠，擺放他如千斤沉重的頭顱，繼而酣然入睡。睡和不睡，是貓咪最多的日常選項，與我寫或不寫，時間的分配比例相同；但我不書

寫也讓渡許多時間給與睡眠，該睡時也孜孜矻矻敲打鍵盤，如同他在夜裡悄悄欺近腳邊，偷偷磨過我的小腿肚，那是一句叮嚀，怎麼還不睡，或是我陪著妳直至天光。最喜歡這種無所謂的時刻。

當他親熱磨過紙箱周圍的稜角，連同置放一旁的稿件也啃咬得有滋有味，紙箱邊緣鋸齒彎曲處沾滿的毛絮都是他安靜的愛戀，以及沉默仰首凝望的時光，我僅是食指點點他濕濕的鼻頭，他便乖順窩在筆電旁假寐。當我寫稿多是狠心漠視，亦無法多接收他的眼神，這些渴求曾數次動搖了敘事意志，但不管我如何鋪陳傷口隱喻，反覆掀起又遮蔽，故事結局慢慢的總會美好一點，一如時間從不吝給我們機會去

寬待往事裂口。

步入中年的我們重新開始，如金石承諾，好好照顧一隻貓兒，並不打算還給朋友這份禮物。貓咪讓我們不斷重返時間現場，童年的遊戲，育養一個家，以及了解信守的定義。偶爾我趴在地板學他翻滾，與他一起伸長手腳進行貓式瑜珈，他總困惑歪著頭，又當沒什麼事發生徐緩走到玄關坐下，那大多是家人返家時刻；他的貓天線掃描整個樓層的歸人，聆聽每支鑰匙轉動家的聲音，每天每天，如此堅持。

鋒面將來，高樓窗外呼嘯的風還澎拜著海浪音響，建築是擺盪在半空中的鐵達尼，家人歸返後，貓咪又走回我腳邊翻滾著肚腹，不管

豪雨拍擊在窗櫺之外，他一派安然自得。他的腦容量很小吧？大約只記得揉他下巴要呼嚕，雀鳥啁啾飛過窗檯必凝神靜聽，長廊傳來腳步聲即專注守候……發現雨後飛蛾，注視薰風吹搖著插在酒瓶中的乾燥蘆葦，那些瑣碎無用的枝節，他都很有興味的撿拾和傾聽。

不知道的事，還有更多，被遺忘在季節改換、書頁翻撥的某個下午。當我在某個夏夜晚風中，伸手覆蓋在貓額頭上，攫取一些小貓嬰兒般甜美眠睡，或在涼薄秋日，無端想念他追逐長尾並咬囓紙球的身影，時間點點漏逝於我們熬過的長夜，以及他專注盯視尖耳朵的倒影，這些長短不一的畫面都落在微亮天光裡。

我們終於經過了多少季節呢？望著貓咪過日子，狂躁之心不由學會數起慢拍子，偶爾看他忽然聳立身軀望著天空噗噗而過的直升機，一次次警戒，煥發神采的英氣之眼，須臾亦無所執、捧著頭睡倒在身側。貓咪日日將輕巧步伐填滿磁磚空格，偶爾屈身窩在空格之中，如逗點與句點的小憩，提醒我觀看日常的餘裕，每當回頭看他熟睡，忽而了解現世安穩該是如何讀取。

貓咪鍾情於牆上的新掛鐘，經常世事不驚、萬情不擾的盯著秒針，一格格移動目光，輕微的一呼一吸，如此永恆。經常人貓依偎著，即想起美國詩人桑德堡的〈霧〉：「霧來了／以小貓的腳步。」詩人描寫著貓兒的步履

如霧般空靈，不沾塵世的目光，遙望港口城市繁華的一日逝水，詩人筆下「無聲的拱起腰部」的貓兒，讓我思及將自己拋擲給虛空的姿態，也要是放盡力氣的優雅之姿，前途無效或茫然時序交替之後，或許一切如霧一般，但真實是我們在一起生活著，我們仍在一起，每天每天。

這些不知道的事，後來才懂得，星星點點都是餽贈，而不經意由指縫漏失的，是愛，或者忠貞，我們都說不清了。

3 聽貓的話

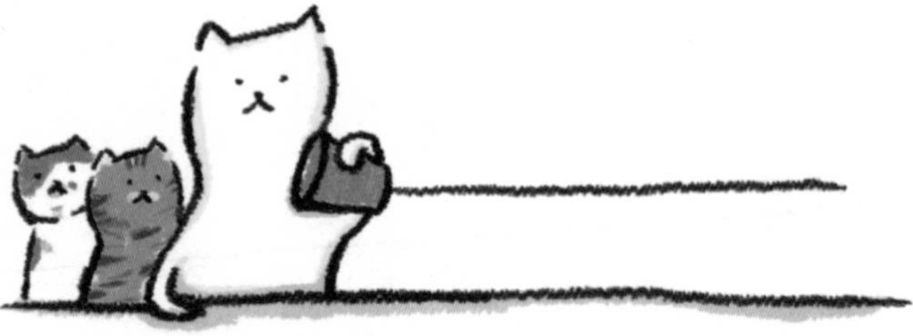

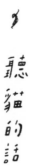

不論離開家多久，返家開門瞬間，三貓會輪流迎接，每回擁有三貓環繞，不免錯覺自己的存在很重要，他們如此需要妳。

這微妙的時刻，總愛逐一點名三貓，人貓一問一答，是不需演練的相聲。

球咪經常宏亮大叫，等妳好久啊——這麼晚才回來。小花兒老是躲在桌腳偷偷望著，細聲細氣跟著叫罵，妳呀妳，出門像丟掉一樣都不知該怎麼說妳囉。小三呢，迫不急待翻出圓肚臥倒在腳邊，討摸要抱絕不輸其他二貓。

三貓也會迎接其他家人，大家享有同等待遇，我不是唯一。一直以為每隻貓均會迎接主

人，問過貓奴同盟，才發現並非這般美妙。朋友哀怨的說，他收編浪貓已近五年，從未迎接他回家，只能說每隻貓各有脾性，這不是迷宮制約實驗或丟球訓練，誰也勉強不來貓。

不過踏入家門剎那，三貓列隊迎接實在無比幸福，我常以為地久天長不過如此。

球咪十歲之後，卻改換了迎接小隊的守備位置，十有八次慢吞吞落在隊伍末端，或在電視櫃上打盹，只是派出兩名騎兵了事。現在換成我們眼巴巴奔到跟前，捧起他的臉，像是哄騙鬧脾氣的情人溫柔耐心地問，怎麼啦？今天怎麼沒來迎接？要不要吃飯飯？快點來呀，要吃布丁還是起司蛋糕啊？

這幾年，我們總是花很多時間和他說話，一句一句慢慢說。

球咪步入老貓階段，即使很難取悅，時時擺張臭臉，出現鍾愛甜點，不論剛出爐的麵包或是挖一球冰淇淋，空氣開始瀰漫奶製品香濃氣味，他也會露出罕見的小貓臉，涎著嘴磨蹭你，在腳邊穿來鑽去。

那一瞬，圓滾滾的胖臉，漆黑的眼睛骨碌碌深情凝望，無論日月星辰，只要他想，上天下海，我們都願意送到他面前。

不過，當他嚐到一點甜頭，怎麼揉撫下巴和額頭，甚至做完全套按摩，老貓又開始擺

譜，連呼嚕一聲都不肯哪。

想起他小時候，只要毛呼呼的身體一靠近腿邊，便翻出雪白肥肚子呼嚕得厲害，那震動從地板傳上我的小腿，像摩斯密碼。彎下腰摸他兩下，喀噠喀噠喀噠，宛如自體發電的毛皮按摩器，那音頻從手指末梢直達我心，彷彿情人甜蜜低語。

如果貓會說話，從他身體裡散發的呢喃，他在說，我喜歡這樣，我喜歡在你身邊，喜歡你。

我顧自解譯的密碼，不意外得到想太多、自我感覺良好的評價。當時尚未百分百被貓收

服的另一半閒淡回說，「貓才沒這意思，妳太誇張了。」

其實我一點也不誇張，幾位與貓共處多年的朋友都能懂貓語，還能分辨幾種不同語意。觸摸貓咪，接收的訊息可能有十幾種，不只是撒嬌或寂寞，還有想念和抱怨，連尾巴左右輕輕一甩，都有言外之意呢。

不想懂貓語的朋友還是會說，你們啊，根本活在另一個星球，貓朝著你喵喵叫，就是想吃和討摸，非要說這聲是愛那聲是怒，果然是卑微的奴才思想哪。

奴不奴的說法，我其實不太在乎，與貓一

起生活，貓已非貓，他們是家人，最摯愛的。

一個屋簷下，本就該專注聆聽對方想說的話，如此簡單的道理，我也懶得一說再說。

和貓一起生活，自己也越發像貓，更容易與貓友打開貓匣子沒完沒了說貓話，你家的貓怎樣我家的貓才不這樣。當聚會乏善可陳沒什麼話題可做談資，藉由貓，往往鋪陳出一片錦繡大地。前一秒還是陌生人，下一秒對方已打開手機讓你看看最近拍的貓照片，順便告訴你，本來某個家人不是很喜歡貓，現在可是比誰都要愛貓哪。

日本小說家村上春樹也總在小說和隨筆集

不厭其煩地描述貓，不論是他所豢養或偶遇的貓，在美國普林斯頓大學客座時在住處跑步邂逅鄰居的胖貓，他愛貓的形象早已深入書迷心底。我不否認自己喜愛他寫貓的小事多於他的小說，不過小說若出現貓蹤跡，也會仔細推敲隱藏在情節裡的隱喻。

即使如此，我仍然訥悶，村上桑怎麼沒有一本貓咪專書？

某年夏末假期，赴京都旅行在大阪地鐵的書店閒逛，發現村上桑有一隨筆《毛茸茸的》（ふわふわ），主角正是貓。這本講談社文庫版小書，也是安西水丸配圖，臺灣未曾出版。不懂日文的我，當下為毛茸茸的貓畫著迷，灰

色虛線組成的貓，橢圓形的黃眼眨呀眨的說，帶我回台灣，帶我回台灣吧。回過神來，無法讀懂的日文書已結帳完畢，店員為它套上書店專用書衣微笑遞給我。

之後，我與嫻熟日文的詩人群盛提起這事，他很有興趣一看，於是，趁著某次晤面洽談出版事宜，他迅速的翻譯出《毛茸茸的》全文，原來，這本小書所說的是一隻老貓的故事。

讀到村上桑無比精確描摹貓之細節，讓人感動欲淚，大貓球咪也是這般擁有肥厚脖子、尖端有圓圓耳輪的老貓，我最享受摸著他，看他眼睛瞇成細縫，仰起下巴，呼嚕呼嚕，像在

告訴我，就這樣一直待在身邊，不要走開。

《毛茸茸的》這本小書如此描述貓咪打呼嚕，「像聽到在夏天即將結束的海浪一樣的聲音」，摸著膨脹又起伏的柔軟的貓肚子，「簡直是剛剛製造出來的地球」。

剛剛製造出的地球，簡直神喻，那是創世紀手指互觸的震顫，或是女媧補天揀選的石子相互鑲接的細微聲響。

我也喜歡趴在貓咪身上聽呼嚕聲，每一次，音律略有不同，有時4/4拍，有時2/4拍，不論何種節奏，彷彿初次感受從小獸體內散發的生命是怎麼撼動著存在這件

事。

貓咪打呼嚕在我心中幾乎與馬奎斯名言，「東西自有它們的生命，只要喚醒它們的靈魂就好」，可放在同等天秤衡量。

不只呼嚕嚕，家中三貓也會長喵短喵召喚我們，時而伴隨哭腔或尖銳急促的昂揚聲調，宣示著，就是現在這個時間，快來快來，他如此需要你。

大貓球球呢，話不多，每句都是重點，江湖混久別的沒有就是貼心優雅，當說直說，絕無廢話。大女兒準備考試時，最喜歡抱著棉花般毛茸茸的他一起寫評量背英文單字，他有時

會應答說聽到了，她打趣說球咪真是國際化的貓啊。

滿兩歲的小三兒，話多成癆，成天找人說話，找人陪玩、找貓麻煩。老貓球球興致一來也會陪小三兒翻滾扭打，貓胖動作慢躺著打架是一絕招，家中地板總被兩公公貓躺著打擦得雪亮。

小花呢，平日話也少，大多神隱在不知名的處所，譬如浴室毛巾架和桌子下收納小東西的紙盒子裡。天氣一涼愛窩在我的膝上甜甜地睡，唯一傲嬌又潑辣，小三兒閒來愛挑釁她，小花可是沒在客氣一路喳喳咧咧，飛身呼他巴掌乾脆俐落。小花的溫柔唯有依偎在球球

懷裡，兩貓握手摟抱睡成麻花，那才是歲月靜好。

多麗絲．萊辛在《貓語錄》這麼說過，「擁有貓，是多麼奢侈啊，使你的生活時時充滿令人驚豔的喜悅，讓你體會到用手掌撫觸一頭野獸光澤柔軟皮毛的感覺……」

多麼奢侈啊。這樣的奢侈，就是日常。平凡家居，因為有貓，發現家人隱藏著耐心而溫暖的另一面。尤其先生難得鐵漢柔情，和貓說話總是特別溫柔，只要是球球佇立在身旁翹首盼望，他總立刻放下手邊工作去伺候糧食水碗，人貓含情脈脈盡在不言中。

貓呢，天生高姿態外加自我感覺良好，這三個傲嬌的傢伙在家比誰的地位都崇高。我們大概是羨慕這種天賦本能，不自覺開始和貓說話，聽貓的話，過著所謂看貓臉色的生活，如果你不曾有過，那真是可惜，有機會務必試試看。

與貓同居十餘年，不得不說「貓怎麼都叫不來」這句話只是偶爾正確。

我堅信，貓貓們不是聽不懂人話，而是，聽見你喚他，他剛好走過來，靠著你，輕輕打著呼嚕，你得珍惜，那便是他在和你脈脈說話呢。

有貓日常

貓生活

和貓說廢話

模仿貓

與貓貓的約定

你的名字

2

球：不要寫稿，我們來玩～

馬麻：等一下……再等一下喔。（敷衍摸摸）

球：（扭身坐在一疊資料上，把幾支筆全都撥到地上）

貓生活

小孩還是嬰兒的時候，有天下午我正在陽臺晾衣，每件小衣裳飄著長長繫帶，彷彿白粉蝶棲在竹竿上。此時，更輕的聲音接近，回首瞥見老公寓附近常見的灰色小虎斑敏捷攀上鄰居鐵窗，忽地，牠停下腳步，站在鐵窗的葫蘆窗花邊沿凝視著我。

貓咪優雅的，站在寬僅兩指的鐵葫蘆窗底部，收攏好筆直前腳，歪頭在想什麼呢？

隔著一堵矮牆，以及我家那片飾有藤蔓的柵欄鐵窗，牠沒有進來的意思，視線輕輕穿越我，投向牆邊的兩盆薄荷草。一會兒，又望向我，下意識興奮朝牠招手。牠低頭，招財貓那樣微微舉起左手，緩慢的，舔爪子抹臉。

好想邀請牠來我們家……天真的想法讓我著實有點慌，忘了晾衣忘了時間，我和牠隔著一大塊空白，牠在想什麼？或是牠沒想什麼，只是感受到眼前這人的友善，願意為我停留片刻。

像是聽見我心底的聲音，牠緩緩的眨了左眼，那是我初次感受到貓咪的心意，也確認自己有多麼喜歡這來去無蹤的小傢伙。

尚未結婚時就和男友宣示過：「以後，要在家裡養隻貓才行。」他滿口答應，自信的聲調，像是去蘭嶼海邊那年，我拉著他蹲下來，觀看一顆豆沙色的圓石，我說，每年都要來這

麼美的沙灘撿石頭噢，他也是自信滿滿應允。

故事的發展是之後每一年，不論是貓咪或海邊的石頭，我和他都遺忘曾有的允諾，像是蒸發在沙灘上的字跡，什麼都不算數。

甚至，每年同時遺忘結婚紀念日，十年過去，我們專心養育兩個孩子，行事曆格子寫上她們的生日開學日家長日，將生活縫隙填滿所有注視，允諾的日子只為她們產生意義。

直到我們搬到距離公婆家不遠的社區大樓，擁有自己的空間，女兒氣喘也不再發作，我決心從貓口眾多的朋友家領養白貓球咪。

不宣而行之舉，引來夫妻罕見的冗長沉默，一連幾天，他寫了幾封mail和我溝通，貓的氣味貓的行為貓會影響女兒作息，好像我帶回的是私生子，破壞了一個家的倫理道德和秩序。

他挑剔的可是無辜可愛的小傢伙哪。

我想起久遠的承諾，記得還慎重其事寫在紙上請他簽名認證，即使筆記本早已成為女兒的塗鴉本，塗不掉的是存在時光隧道裡的海浪和石頭。他也知道女人一旦變心，像是水潑落地難收回，妻女聯手叛變，他冷硬言語也只好化冰成水，偶爾輕輕點撥小貓鼻頭，小貓也知人知面知心，總是窩在他臂彎一起睡著。能相

擁而眠而不背棄對方，也算是過了入籍這關，小貓從此在我們家擁有堅固地位。

村上春樹在《發條鳥年代記——第一部鵲賊篇》提到：「我從以前就一直喜歡貓……不過貓有貓的生活方式。貓絕對不是愚笨的生物。貓如果不見了，那是因為貓想要到什麼地方去了。」

每天，我從筆電前離開，也會下意識逡巡家中三貓，有一隻不見蹤影，總會非常擔心。雖然知曉貓貓們一定躲在某個安全角落，甜甜的睡，或賊賊的幹壞事，但一定要全都點名無誤才能安下惶惶的心，再走回筆電，敲幾行不知所云的句子，順便讚嘆貓這軟綿綿的生物啟

發了人類的奴性。

發條鳥的小說開頭，失業的主角，辭掉法律事務所的工作，情願每天做好所有家事，也不想勉強自己去上班。後來妻子拜託他去附近找失蹤的貓，他將這請託當成日常最重要的事進行，因為妻子說過，「這隻貓對我們是非常重要的存在，那隻是我們結婚第二週，兩個人發現的貓噢。你記得嗎？撿到那隻貓的時候的事。」

我想，小說中

的妻子一定默默將撿到貓的日子，視為情感重生之日。那個最重要的存在不言而喻，是借以聯繫兩人情感的象徵，貓，是一個溫暖的指涉。

貓的忽然神隱，總會讓我想到害羞的三花貓小花花，我常在家中翻箱倒櫃找尋她。

她是三貓唯一的女孩兒，膽子大概只有灰塵那麼小，行為如含羞草，只要家裡有客人來訪，必定躲在隱密處數小時不吃不喝不露面，躲藏已成固定SOP模式。她害怕的時間很長，對人的防備很多，或許與她流浪貓的血脈脫不了干係。有次刮颱風，風聲一夜呼嘯，一開始，她還坐在我身旁，神情警戒不敢闔眼，

後來轉成鴕鳥姿勢，將身體全埋在沙發抱枕堆裡。

那是小花兒來到我們家第二個颱風夜，貓咪的記憶果然短暫，短到來不及記得一次徹夜恐懼。每一次發現脆弱，都必須重新堅強。就好像，我們也在學習如何面對人生，而不害怕變化吧。

有時，日常瑣事人際應對困擾著我，看著貓們歲月靜好、現世安穩，自然萌生幸福感，儘管身而為人我很焦慮，從貓咪的視角看世界，似乎一切都被重新定義了。

後來家中貓口暴增為三，三是個美好的數

字，像是《易經》所言之天地人，是個穩固存在，有貓生活，順風順水，遺忘的節日似乎不再重要。

還是從臉書上得知的訊息，好友問還要領養小貓嗎？我說，家裡已有兩貓，小房子有點擠。另一半卻傳訊說，他很想。不敢置信的凝視訊息許久，終於回他，「沒想到你是真愛！」他大笑回我，想要小三很久了。

現在，每天看到一歲的小三兒，總覺得活脫脫一部勵志片上映中。

衛生紙遙控器隔熱墊……不管什麼東西撥到地上都玩得很開心，看到我們崩潰靠近要處

罰他，立刻臥倒呼嚕嚕裝萌撒嬌。小時候擠在球咪和小花貓中間窩著熱呼呼很好，如今獨自翻肚睡呆也很好，吃東西喝水都超大聲，每天攻擊垃圾桶，將裡面掏空，自己躺進去滾成麥草捆。

他熱愛當一隻貓，熱愛每一天，不論這世界多紛亂。

英文有個詞句叫「狗過的日子」（a dog's life），是指人類忙於工作累得像狗一般。我有個愛貓的朋友Elizabeth，她有天深深感嘆，「最近真的是覺得貓被人類寵到很驕縱，驕縱到也許有一天英語字典會出現這樣的詞條：貓生活（a cat's life）：可以爽爽過日子，隨便

指揮身邊的人類，要吃，要喝，要清尿盆與屎，想吃什麼就有人餵，每天可以跳進跳出不同人類的衣櫥，書櫃，窩坐在人類工作的鍵盤，書本，文件上以討得舒適的按摩。而屋內的人類整天繞行小貓的需求，轉來轉去。但傻傻的人類覺得心滿意足。」

傻傻的人類啊，有貓的生活，時間滾動著，後來，我們總不忘在桌曆特別註記三貓的生日，謝謝他們捨棄了門外的世界，天地從此因人類的私心而窄仄。對我而言，最美好的日子，或許是他們來到我們家的那一天，讓我發現比原來的世界更好的世界。

3
和貓說廢話

「喵。」

「我只是躺一下啦」

「喵。」

「你要吃飯嗎？」

「喵。」

「你吃過了啊。」

（貓咪無言……）

「想抱抱對吧。」

「喵。」

「這樣我還得爬起來欸。」

「喵。」

「好啦。真是麻煩。」

與貓同住已十年有餘，我以為自己和《海邊的卡夫卡》裡的小說人物一樣能通貓語。經

常在寫作空檔，像是清空大腦暫存檔案那樣，離開書桌，和貓咪玩耍。無意義的對話，這種愉快看似膚淺，愉快層次或許取決於大腦的勞動指數，越是白爛，越是能收鬆弛下視丘之良效。

這幾年，同時推進短篇和長篇小說，創作常處於爆炸狀態，若是又得趕著備課講義和投影片，所有情緒已瀕臨崩潰，彷彿念碩班時明明趕寫期末小論文，偏偏挑動叛逆手指，啪地關掉論文檔案，另開新檔。

只要不寫規矩方圓有日期追殺的東西，寫什麼都好，最後卻總是熬到死線前夕，譬如現在應該好好寫字，我卻在抓貓拍照（比

Pokemon 還難抓）。

我實在不相信靈感必須操琴焚香沐浴才請得來，也沒有任何訣竅可說嘴，寫不出來，寫到卡關，我總善待自己，盡速從現場逃逸，直接轉到另一個平行宇宙，和貓說廢話還實際一些。

落地書架前的貓是二十四小時圖書館員，我來看貓也看書，滿足想看什麼就看什麼的私心，老實說，非常痛快。不論新書舊書絕版書，讀著讀著，有時剛好忽然想寫點什麼，放縱的時光瞬間補充戰鬥值，嗶嗶啵啵，終於等到故事的火花。

最棒的事，總是在閱讀途中發生。

5 模仿貓

聽到養生二字，不論是倚賴食物療法或運動鍛鍊身體，都讓我嗤之以鼻。

人生苦短，為何非得加入「整人」遊戲的行列，即使可以增加自由基或減輕三高指數，允諾我百歲高壽還是無法打從心底快樂哪。我只信仰自己，不違背自我心意的活著。

年輕哪，通常指涉自我感覺良好，也容易積習成癖，這癖，難以撼動，一路就跟著我走到中年。

究竟是哪些拒絕被整的癖呢？這得談到我長年日夜顛倒的廢生活，總是被家人唾棄除了寫作之外一無是處，嗜吃垃圾食物又鮮少運

動，日日寫稿到半夜方願睡去，不到晌午絕不輕易離開床鋪。這樣的人實在沒有資格談養生。

如此執著不養生，作息不足外人道的我，近幾年卻陸續收到故舊的青春認證。一開始是眾友朋紛紛藉由臉書找到我，多年不曾聯繫的同學們共通點是大夥皆即將領到半百俱樂部的會員卡，時光惘惘的威脅，讓人深感亟需把握機會，山高水長也得排除萬難會上一面。

不知是久別重逢，還是磨去青春銳角的緣故，幾次聚首，竟然收集了一些看似不是應酬的讚美。Y說怎麼一點都沒變，幹嘛詐騙大家女兒都唸大學了。W附和，妳才是大學生

吧？L生氣的在臉書留言，我們都老了妳怎麼都不老，太不公平了。

客氣話多說幾次，妳便不覺那是客氣，以為自己可能停在某個時光夾層，像電影《班傑明的奇幻旅程》，越活越年輕，最後活成一個嬰兒。大家又紛紛鼓譟，妳該不會私藏什麼養生之道，快說出來聽聽，不要獨享。

仔細一想，人近半百若還有點青春氣息，我想是和貓咪展開同棲生活，漸漸遠離人的習氣，不自覺模仿貓，模仿貓的言行舉止。

記得女兒的小學國語課本有一課正是〈模仿貓〉，課文大意是住在農場裡的黑貓嫌棄自

己「毛太黑，鼻子太小，尾巴太長，叫的聲音也不好聽」，於是混進羊圈想讓農夫剪毛，模仿公雞叫，學白鵝游水……姑且不論課文內容，就字面上來看，我經常也在模仿貓。

精確而言是模仿貓的養生方式。模仿貓養生，有個不大也不小的門檻，首先您必須愛貓，並且由衷願意看貓臉色，時時以貓的作息為優先考量。以上這些背離身而為人基本尊嚴的行徑，世俗説法稱為奴才卑微的臣服貓咪膝下，但我可不這麼認為哪。

貓咪的壽命大約二十年，每一天陪伴著你，牠的世界也只有你，而我們只是多同理另一物種的生存之道。從生物多樣性廣義的觀點

而言，那是我們生活於地球，不同物種的生命產生了微妙影響，進而使這世界達到生態平衡。

說到我的模仿貓養生法又可分為形式和內容。若以電腦比喻，就是硬體和軟體。以我和貓一起生活十幾年的經驗，形式看似簡單，能

狗始終如一執行到底著實不易，內容則是人都有百百款，若是與不同品種的貓相處也會產生相異的火花。

模仿貓的形式，泛指食衣住行。和貓一樣持之以恆每天吃相同食物而不厭膩，來作為物資缺乏之時的演練。和貓一樣注重清潔毛髮，正衣冠的同時也理順歧出的想法。嗅聞任何風吹草動，踮起腳尖走路，定時伸懶腰、弓起背；貓的日常行動其實與瑜珈的貓式相當，一日練三回，保準整個人柔軟得比貓還像貓。

模仿貓的指數若有五顆星，對我而言難度最高的是食物，人間煙火多誘人，怎能獨沾一味哪。

作息，則是難度最低最易達標的仿效。十年前辭掉工作後，失去規律約束，一向睡眠品質極差的我總是放任自己想睡再睡，睡不著便起身離開房間到客廳沙發窩著看小說。而貓們，踮著腳尖，一隻隻靠近身旁陪睡，人生最美妙的幸福就是有貓一塊失眠，又一起不知不覺睡著了。

貓的一生首重睡與吃，家貓只能在有限空間來回行走，狩獵般定睛凝視，模仿貓動也不動有如鵠立礁岩，窗外雲之流動與風迴旋的聲響，一層層在腦海建構起思考的小宇宙。我怎麼想，都覺得貓上輩子肯定是作家投胎轉世才是。

再則談到內容，這就有點抽象，這裡我只提供作家模仿貓養生法，或許連不養貓的人都能揣摩一二。

譬如小說家王定國曾在散文集《探路》這樣寫貓，「雖然不養貓，卻又特別羨慕愛貓人，懷裡一隻貓，膝下兩隻貓，貓影子滿屋遍地，像一種來又一種去，來了免寒暄，去了不傷別，彷彿愛與恨原來都在自家的懷抱裡……」

讀完後，忽然覺得不曾與貓相處的人，

而且是男人，還能將懷裡有隻貓的情感說得透澈，讓人當下想喚來我家三貓訓話，你們，是不是別再這麼任性啦，一下子就被（不曾養貓的）小說家識破了。

寫作時尤為需要將周遭淨空，摒除一切雜音，只好狠心將三貓關在房外，只剩下WORD視窗與我。說是認真創作，網路一晃兩三小時，字數推進零，腦子大多在放空。

這就像皮克斯的動畫《腦筋急轉彎》，說明人類的大腦控制臺是由喜怒哀樂四位腦內小精靈所主宰，而片尾很貼心的模擬狗和貓的控制臺，狗狗大腦以主人為世界中心旋轉，貓咪呢？

貓的控制臺居然空蕩蕩，這也說明我模仿貓的最高境界已然達成。隨時處於放空狀態，非得逼近死線才能擠出文章。

貓這軟綿綿的生物，說到底就靠那張騙死人不償命的貓臉騙吃騙喝，我呢，偏偏甘心日日伺候左右梳毛鏟屎，只求偶爾將貓咪抱在懷裡聽牠呼嚕嚕，或是摸摸牠柔軟的身體，翻翻弄弄粉紅肉墊，沉醉在人貓相依偎的柔情萬種。

即使貓前一秒還乖順如水，下一秒就翻臉不認人，乾坤大挪移外加賞你一記無影手，在你的臉或手腳留下斑斑血痕，越是愛牠深入骨髓，越是傷痕累累。每一次被貓爪襲擊都和失

戀一樣，一顆心碎成片片，好想大喊，怎麼可以這樣對我，我這麼愛你——看在模仿貓養生法的份上，我就繼續委曲求全吧。

貓咪願意一次次惱怒我，又放過我，牠實在獅子面孔天使心腸，所以我再繼續弄亂牠毛髮，牠也會忍氣吞聲讓我玩弄。這就是人類所謂禁得起萬般考驗的情感啊。如果你尚未和貓一起生活，很難予你形容這人貓合一的境界。

近來又與朋友碰面，對方仔細端詳我之後，結論總是：妳和妳的貓越來越像了。問對方，是長相還是行為，我有三貓，究竟與誰相像，他還真能舉出神情或舉止的細微處來驗證。

譬如像大貓球咪老成持重（中年女子若沒成熟風韻，難道還要學少女蹦跳尖叫嗎？）像小花兒老是躲起來不見蹤影（習慣在家寫稿，出門沒進度令人心慌，婉拒不少邀約被列入難相處名單實在也是咎由自取）。像小三兒天真淘氣（小三明明是肇事紀錄冠軍，這個真能當成讚美嗎？）

貓呢，牠們知道貓奴的愛有如洶湧汪洋嗎？

其實，對貓好是應該的，也不需太諂媚，說得再多牠也是面無表情抬抬腿、舔舔爪子，打個哈欠，以烤雞坐姿回應你。對牠不好當然絕對觸不到模仿貓的邊界。更別說虐貓者肯定

是妖孽，要被打回原形為野獸，換成貓來豢養虐貓人就世界和平了。

模仿貓的生活，是愛貓人的專屬密碼，那會使你樂而忘憂，不覺老之將至，對牠們太好也不委屈哪。

與貓貓的約定

1. 請分一些睡眠給我，讓我理解夢境的美好。

2. 永遠不要懷疑我停止呼吸。請不要驚醒喚醒我，我只是睡著了。

3. 我知道，當我喚你，你不馬上過來，只是暫時心情不好，對吧？

4. 當你踐踏我的書我的稿紙我的電腦鍵盤，我不會再生氣了。縱使你一歲之前曾經把 IBM 的「back space」整個啃掉，我思考的仍是那個鍵對你而言，是不是代表我們應該要時常回想往日時光呢？

5. 答應我，不要常常對我沉默以對，這樣我一

直深情款款對你說話，很像變態的瘋婆子。

6.
當我穿很飄逸的雪紡紗裙，請不要過於興奮一直追逐我飄飄蕩蕩的裙襬，我知道你有時崇拜我，幾乎都快拜倒在我的裙下了。

7.
我一天比一天老了，有時我會失憶，有時我很怕冷，請你讓我繼續把腳放在你的肚子取暖，那是全世界最柔軟的所在。

8.
你永遠都知道我難過的那一瞬，就會乖巧的趴在我腳邊，輕輕的瞌睡。望著你安靜的姿態，我會遺忘難過，開始逗著你玩。

9.
我很不喜歡你咬我的小盆栽，尤其你嗜吃剛

z z z

長出的嫩芽，你可以答應我等它們長高一點再嗑下去嗎？不過，如果有一天你不再咬了，我也會很難過。

10.如果我出遠門去了，我知道你會想念我，我手機裡總會帶著你的照片，旅行在外每天都會複習你搞垮我的書堆，你親熱的磨著我的頭那熱熱的溫度，以及你裝兔子睡覺的模樣。當我回家時，你要讓我第一眼就看到你喔。

5 你的名字

球咪——小咪——小球——小笨笨——小乖乖——小豬豬——

我們喜歡變換各種小名叫大貓球球，他了解這是專屬於他的名，偶爾也喵喵回應，聽到了，別再叫啦。

不過，球球並不是第一隻來到我們家的貓咪。

大約球球來到的半年前，朋友家的虎斑母貓生產了，她知曉我愛貓，決意讓我嘗試和虎斑相處，我帶他回家，因為毛皮像是烘烤合宜的餅乾色，便喚他 Cookie。

初次與貓生活，家中三個女生整日摟抱小貓，須臾無法割捨的黏膩，不到半個月，我們手腳全起了密密麻麻的紅疹。家裡彷彿疫區，大家同時爆發嚴重過敏，女兒又有氣喘宿疾，經過醫生勸告，只好揮淚泣首將 Cookie 送回了原主人家。

半年之後，時不時我們會談起那短暫擁有 Cookie 的日子，卻遲遲無法展開明知會過敏仍要與貓相愛的生活。

剛好多年好友試探問我，要不要再領養一隻小白貓，或許是前情未了空餘恨，未多做考慮，我自作主張迎回了球球。

三個月大初來乍到的小白貓，老是在家暴衝，兩個女兒也跟著活潑起來，一起在狹小家居人貓一塊衝鋒陷陣，我錯覺有了兒子一般。大女兒開心地趴在地板抱著貓咪滾來滾去，晶亮晶亮的雙眼眨呀眨，興奮著說，「他是球球，我要叫他球球。」

日本作家角田光代同為愛貓一族，曾在臺灣出版一本貓咪隨筆《今天也一直看著你》，她曾說，如果我們為動物命名，他有了名字，與人們的關係從此不同。那個你，同時指涉著角田光代的愛貓豆豆，以及小說家本人，也就是人與貓經常彼此凝視，無法介入的情感。

看完此書，深深覺得作家與貓的相處，無

論是角田光代或村上春樹，那絕對是以一本書也無法細筆描摹的情感哪。

年輕的村上因收養野貓彼得而擁有了人生隱喻，彼得貓是他酒吧的名字，在酒吧寫出第一本小說《聽風的歌》，彼得貓這名字，從此讓作家想起即便窮困還是想著能做些什麼的自己。

《發條鳥年代記——第一部鵲賊篇》的開頭，小說家讓主角找一隻叫做「綿谷昇」的貓，這是主角妻子哥哥的名字，因為主

角非常討厭高傲的大舅子，就很任性的讓貓叫了這名字。每次叫著「綿谷昇」，是不是也試圖將難相處的自己往討厭的人，更靠近了一點。

我想，這是唯有貓才擁有的能力，柔軟所有人粗糙的地方，讓我們變成稍微好一點的人類。

關於幫貓命名的任性感，大概也是貓奴唯一比貓高傲的的時候，但這樣的姿態又流露著喜劇人物的悲涼感，因為凡事以貓為主的生活已經如此，只有叫著他們名字的時候，確切的，連結我們與貓咪共處的時空是真實的。

不論叫什麼名字，我認為貓根本不在乎，貓咪們都有各式各樣的名字，差異在於，喜歡的人呼喚著，他們才願意，靠近一點點。

命名這件事，也是父母對於孩子的想像和期待，我個人比較多成分是想像，希望孩子未來能往一個好的方向前進，期待則加進了得自己努力的部分，只要有理想的個性、可以發揮自我，他甚至可以成為超乎父母想像的樣子。

當然幫小孩命名，我們也不免有期許，簡單一兩個字的確是不好隨便唬弄。譬如大女兒，她的名字是翻字典推敲而來，名字有書字，果然非常喜歡看書。小女兒是電腦排列組合從五百多個名字挑選出來，年齡漸長，她的

想法彷彿電腦軟體隨時更新中。非常慶幸名字沒有成為一種咒，她們現在都是乖孩子。

再說到我們家貓咪的名字，若是貓市場名，應該可以囊括冠亞軍，球球是大女兒取的，球咪的身材不意外一直往圓滾滾方向前進，小花是我隨意脫口而出，現在仍然非常害羞鎮日躲藏，這樣看來，為貓取對一個名字好像還是很重要的事哪。

而我們家的第三隻貓咪，就叫小三，那是另一半開始愛貓，甚至想要日後搬到鄉下農地晴耕雨讀時，再認養第四隻第五隻……乍看越來越隨意的貓的名字，可能會不斷產生。

去年秋天剛來時，將近十二歲的球球因為腎病而到貓天堂去了。近日，叫著小三的名字，我總會想起第一隻貓咪，小三的名字因此有了另一層意涵。

三的前面，有二，還有一。

永遠的一。

推薦文

GO GO 貓博士

/林群盛

貓博士其實長得像狗。

褪成白色的短髮，沿著臉頰，跟看起來毫不客氣的白色鬍子混織在一起，然後就這樣蔓生到下巴。那些鬍子一邊忙著捲曲，一邊彎扭的往令人意外的方向拐去。大量的鬍鬚就這樣霸占了八成的臉部，遠遠看簡直像是戴著金屬圓框眼鏡的狗，那種逢人就笑的狗。

來到鎮上沒多久就認識了貓博士。在系主任家舉行的師生聚會，乾燥到稜角分明的空氣，加上不熟悉的異國語言，待沒五分鐘我就逃出室內了。拎起只喝了一口的啤酒罐，依靠著陽台的原木欄杆，我深深嘆了口氣。

Hello，聲音從對面穿過了煙霧，貓博士緩緩走來，你也不太習慣這種 Big party 嗎？沒等我回答，穿著登山外套與牛仔褲的貓博士露出像狗的笑臉，輕巧一蹬，坐上了我旁邊的欄杆。與其在裡面閒話

家常，還不如到外面好好看一下今天的星星呢。貓博士笑著說完就專注的望向夜空，臉頰與鬍鬚的形狀被夜空襯托的更加明顯，魚刺白的鬍鬚一根一根像刺破了夜空一樣，讓星星一點一點的流露出來。是個擁有驚人數量星星的夜晚。

也許是外表獨特的關係，鎮上的人幾乎都認識貓博士，校區內遇上時，也總是被一群學生簇擁著。要不是對東方文化有點興趣，而我又是校園內唯一的東方人，我想根本不會有機會跟貓博士對上話吧。總之，我對貓博士的了解，大概是：

A. 貓博士真的是博士。
B. 貓博士在學校開了兩門課，一堂是量子力學，一堂是天文學。
C. 貓博士是個浪漫主義者。

前面兩者只要去趟系所辦公室就知道了，聊過幾次後也不難察

覺貓博士那種浪漫到無可救藥的特質。沒課的時候，經常看他趴在校園的草地上逗著別人的狗，或是單純的午睡，讀詩，撿著不知名的種子。當然讓我更有好感的是，貓博士講話幾乎不用艱澀的字詞，無論是多複雜的事情，貓博士總是能用簡單的，屬於自己的比喻，讓對方輕鬆的理解，甚至有種自己該不會是天才的錯覺。對異國語言還無法靈活運用的我來說真是一大幫助，這也是他在學生有高人氣的理由吧。

正因如此，貓博士的消失（或者說離去），在鎮上造成了相當大的震撼。警察第一時間就排除了各種負面事件的可能性，書桌上喝了一半的東方茶與未批改的文章也證實了這點，只能想像是突然而沒有理由的消失。據說我是最後一個跟貓博士接觸的人，加上貓博士的書桌有不少向我借去的東方書籍，所以隨著兩位警察，我再度進入了貓博士的家。

最後與貓博士見面的那晚，不曉得為什麼，貓博士一直問我想不想回到過去的事情。回到過去要做什麼呢？我問他，而且現在的技術根本做不到吧。貓博士露出了曬了很久太陽的狗那樣的表情，笑著說，過去有發生讓你後悔過的事情嗎？當然有吧，每個人多少都會有吧。我說。那很好，貓博士說，有那樣的心情是很珍貴的。也許哪天我會先回去一次看看，如果成功的話，你也務必來試試吧。貓博士最後就這樣說了一個聽起來不像開玩笑的玩笑話，然後真的消失了。

書房的擺設跟我離開時幾乎一樣，我拿起幾本書，不曉得下一步該怎麼辦的時候，房間各處突然像被打開的啤酒鋁罐，發出了窸窸窣窣的微弱聲響，接著從書櫃的下緣，沙發的側邊，衣櫃門的底部，各式各樣的角落，緩緩走出了一隻貓，兩隻貓，三隻貓……警察瞪大了眼，跟我一樣訝異地看著貓走到自己平常習慣的位置趴下。算算將近有二十隻貓，看起來依然優雅，感受不到飢渴，甚至感受不到貓博士的消失。

原來貓博士真的有養貓啊。之前都不知道。

接著將要發生的事情，應該會讓警察更驚訝吧。我安心地放下書，坐上貓博士的沙發，角度果然是面對著貓兒們的。人一定有後悔的事情，但在真的能回到過去之前，還是有得先完成的事情不可吧。我深深吸了一口氣，用了稍微順暢的異國語言，對著貓兒們說，嗨，It will be a big party。

沒有一隻貓抬起頭來。只有窗台旁正在看星星的那隻，魚刺白的貓鬍鬚像星星閃爍的頻率一樣，抖了一下。

推薦文

狗的話

／許亞歷

我是狗。

雖然一度也有「自己是貓吧！」這樣的念頭。但所謂的冷靜乖僻、淡漠霸傲，終究只是對貓、對自己的偏見或錯認。尤其，每和明玉姊相約，她那受牽制般，置身約會現場卻又心滯貓側，忍不住絮絮叨叨的貓事，就像周密對證，一一剔去我自賦的貓殼，還胎為狗，搖尾涎舌地羨聽人貓間種種黏賴與捉藏。

究竟是羨慕貓，還是羨慕人呢？過去也和舊情人養貓，接小貓回家的晚上，把自己的名字給了牠。許亞歷今天好嗎？許亞歷躲去哪啦？這樣喚著陌生的小貓咪，以為能加速親暱；事實上，我根本不敢再多愛牠一點。渴望理解貓卻又不得溝通之法的心情，像極了面對自我時的矛盾。我沒信心，認定牠不喜歡我，被撒了嬌反而惶惶拉出距離質疑：真的嗎、真的嗎？

很快許亞歷便改名了。我跟隨舊情人一家「咪咪——咪咪——」的甜嗔，彷彿叫著叫著，世界上所有的貓咪都能保祐小貓安順可親地長大。

可是啊！我應該像明玉姊一樣，做一名聽貓說話的人呀！拋卻心碎之憂，大膽恣情地去愛，無畏旁人與貓事主的眼光，跟上每個呼嚕、喵嗚，自顧自譯貓語：「我喜歡這樣，我喜歡在你身邊，喜歡你。」也許貓咪專吃這套，愛貓人必得集自信與癡態於一身，想方設法，將貓的內外動靜，轉譯為呢喃愛語。一如十條〈與貓貓的約定〉羅列下來，偽數落實褒揚、假規範真討寵，狗型人如我，讀得又抖又笑。反主為奴、耽溺且甘願的心情，簡直是對空氣畫押，一呼一吸都掛保證。

就像家家酒。明玉姊身為遊戲的主揪者，除自身角色，尚兼任旁白，操持互動節奏、情節推進。這些寫小說的她理應駕輕就熟，然

而貓群處於「人語之外」，得以自旁白引導逸出，胡闖遊戲場域。於是，主述故事的，專情於插敘那些不按牌理出牌，直到敘事被球咪、小花、小三全面占領、家人亦一個個將自己的對白溫柔出讓，有貓的家家酒遂纏綿成一部因貓笑淚的家庭紀實。

除此之外，還有追述。養貓後，必修兩種時間度量，一個仿若光陰無痕的散漫，另一是與生命時長的競跑。最近一次和明玉姊約會，是球咪過世後不久。如常聊說的貓事裡，有哭過好幾天後，才剛收拾的冷靜。最心疼的是她提起送別細節——道別即是給失去作證，再說一趟是多麼艱難的事。但明玉姊在〈貓時間〉中，以翻摸球咪雪白軟肚的手指捺住了指針，時間在過去與未來之間停定，如沙漏平放，一顆凝在仄道的細沙上頭，球咪帶著初次相見的稚幼，以及往後十二年種種面貌，與女主人重聚，磨蹭著收下滿滿的感謝。

其他人會如何想念球咪呢？從反對到寵貓甚深的先生、電話連線

參與葬禮的大女兒、畫著一張張貓咪生活畫的小女兒，還有門一開便湊近和球咪揮手說再見的對門小妹妹呢？我想，他們都將擁有一顆停暫之沙，那便是第三種貓時間，專門用來追述，以非常多的愛締造不朽。

天堂的球咪、毛巾架上的小花、搗蛋耍寶中的小三，你們都聽到了吧，聽到明玉姊止住時光流沙，書於悄然的情話？

我是狗。雖然如此，世界有貓，有聽貓說話的人，真好。

國家圖書館出版品預行編目（CIP）資料

聽貓的話 / 凌明玉著 . -- 初版 . -- 新北市 : 斑馬線,
2018.03
面； 公分

ISBN 978-986-95501-9-2(平裝)

855 106025433

聽貓的話

作　　者：凌明玉
總 編 輯：施榮華
插　　圖：劉詠心
書封設計：劉詠心

發 行 人：張仰賢
社　　長：許　赫
副 社 長：龍　青
出 版 者：斑馬線文庫有限公司
法律顧問：林仟雯律師

斑馬線文庫
通訊地址：234 新北市永和區民光街 20 巷 7 號 1 樓
連絡電話：0922542983

製版印刷：龍虎電腦排版股份有限公司
出版日期：2018 年 4 月初版
2023 年 11 月再刷
I S B N：978-986-95501-9-2（平裝）
定　　價：350 元

版權所有，翻印必究

本書如有破損，缺頁，裝訂錯誤，請寄回更換。

U0066696